조용한 회화가족 No. 1

조용한 회화 가족 No. 1

조민 시집

민음의 시 167

민음사

自序

검은 병 속에서 길렀던 바람
언젠가 내가 놓쳤던, 나를 놓쳤던 벼락

2010년 8월
조민

차례

3부

1부

문어(文魚, Enteroctopus dofleini)

패를 돌리는군요
앞면은 개, 뒷면은 너구리입니다

패를 돌리는 눈은
손목보다 더 빨라야 합니다

이건 피가 아닙니다
각본에 없는 기술은 거짓말이니까요

페어플레이란 결국 독백과 같은 것 아닙니까

머릿속의 먹물을 충분히 익히고
칼끝으로 찔러 봅니다

자,
돌리기 시작할까요?

201편

형이 우리를 낳고
우리는 동생을 낳아서
우린 모두 예수가 됐지
한참 동안 마주 보며 낄낄거렸고
아파했고 기뻐했지
달은 점점 더 쪼그라들었지
물밑으로 깊이깊이 가라앉을 때까지
모래 밑에 숨고
물풀 뒤에 숨어서 꽃게도 잡고
해파리도 뒤집어썼지
어떤 생각은 머리고 어떤 생각은 지느러미였지
처음 보는 것마다
이름도 지어 주고 리본도 달아 주고
등에 꽂힌 비늘마다 알록달록
색칠을 했지
너는 먼로, 너는 모하메드, 너는 말코비치, 너는 아난다
오전은 돼지였다가 오후엔 닭으로 바뀌는
너를 벽에 걸어 두고 절을 했지
성호도 그었지

우리가 너희들의 발밑에서
거대한 빙하로 녹고 있을 때

우리가 정박아였을 때

노란 중앙선을 타고 역주행했어
닭똥을 허옇게 뒤집어쓰고
엄마의 세 번째 결혼식에 갔어

우리가 정박아였을 때

우리는 닭장에서 살았어
닭처럼 정수리를 쪼아 대는 할머니가
검은 알을 낳고 또 낳을 때까지

우리만 혼자 정박아였을 때

서로 따귀를 때리면서
생각을 손바닥으로 하는 연습을 했어
생각을 너무 많이 하면 벌레가 된다잖아

우리가 정박아였을 때

진짜 우리가 정박아였을 때

우리가 우리의 눈알을 쪼는 흰 닭이었을 때
우리가 엄마의 검은 탯줄이었을 때

사사(sasa)*의 시간

불길이 불을 끄고
불길이 불을 옮기는데요
세계 유명 오지 관광지라는군요
마을 사람들과 마른 개들은
미리 불타서 떠났고요
마을 앞 도로만 파란 불길이네요
흰 연기만 나는 우물과
숙박지와 음식점, 놀이터에는
검은 눈만 펑펑 내리는데요
이따금 검은 눈을 맛보러
관광객과 탐험가만 온다는군요
불을 지른 사람도
불을 끄는 사람도
태어난 아이도 죽은 아이도
하나 없다는데요
밤낮으로 불만 활활 타고 있다는군요
오늘로 48년째라네요**
내일도 모레도 250년 뒤에도
내내 화재 현장이라는데요

도대체 누구를
더 태우고 싶은 걸까요

* 비록 몸은 죽었어도 산 자들이 기억하는 한 살아 있는 것과 같다고 믿는
스와힐리 족의 시간 개념.
** 미국 센트레일리아. 지하에 매장된 석탄에 불이 붙으면서 48년째 연소
되고 있는 마을. 매장된 석탄이 전부 연소되려면 250년이 걸린다고 한다.

파프리카

파프리카를 깨물면
아프리카 냄새가 난다

파·프·리·카·파·프·리·카

한쪽 어깨를 비스듬히 기울이며,
　　파
　　　프
　　　　리
　　　　　카
한쪽 다리를 까닥까닥 흔들며,
　　　　　아
　　　　프
　　　리
　　카

파프리카 안에는
얼마나 많은 새가 살고 있을까

파랑새가 주렁주렁 거꾸로 매달려 노래 부른다
    파   카
        프   리
          리   프
             카   아
                아,

파란 모자 파파게나가 피리 불며 새장에서 나온다
파·랑·새·는·다·죽·였·어?
파란 파파게나 눈에서 파란 피가 흐른다

파·프·리·카! 파·프·리·카!

파프리카 안에서
파란 피 뚝뚝 흘리는 파랑새 한 마리

動動 21

비누로 만든 욕실에서
나는 유리컵이다, 아이스크림이다, 휘파람 부는 달팽이다

뱀의 혓바닥으로
나는 비눗방울이다, 스카이 콩콩 타고 요요! 요요! 말
달린다

줄무늬 고양이 꼬리를 잘라서
나는 알러지다, 히치콕의 검은 안경이다, 마른 저수지다

목 조르기 세레모니를 하고
나는 등 없는 의자, 비닐 수의 입은 앉은뱅이 의자, 눈
뜬 미라

손목을 돌려 빼니까
나는 식육점의 면장갑이다, 검은 뼈다, 조제의 하얀 조
개껍데기다

변기 물이 쏴아아 빠지면서

    나는 네가 던진 돌, 새벽에 죽은 뱀의 껍질, 엄지에 붙은
새끼손가락

    까마귀 한 마리 치솟아 빠져나오는데
    나는 빵이다, 쥐약이다, 농담이다, 모두 다 개꿈이다

    아으, 動動 다리

마지막 회

s#
복도에서 거꾸로
뛰어내리는 뒷모습이 내 얼굴이지
두 번째 알리바이지

s#
창녀가 되기 이전의 일이고
길거리에서 칼을 맞고 쓰러지는 너를 발견하는 순간이고
트럭과 맞바꾼 너를 주먹으로 팬
그다음 날이지

s#
그 영화는 동시 동본 상영이지
한 사람만 계속 죽고 또 죽고 또 죽는 레제드라마지
최종회가 끝나야 첫 회가
시작되지

s#
아, 글쎄, 알 수는 없지

늦여름 태풍에 깨어 개천까지 왜 떠밀려 왔는지
수백 년도 훨씬 지난 오늘에서야……

s#
불고 불고
또 불어
터질 때까지 불란 말야!
터지기 직전까지!

바닥에 코를 박고
걸레처럼 엎어져서는!

s#
……엉키고 엉키고 또 엉켜

자기 장례식에 간 신발들처럼 목청껏 소리 지르지

고양이의 시간

잠이 들면
한 뼘씩 길어지는 발이 있다
발톱의 흰 반달이 자라서 보름달이 되는 발이 있다
발꿈치가 자꾸만 껌처럼 달라붙는 발이 있다
노란 복숭아를 닮은 발이 있다
길어지고 또 길어져서
흰 거품을 문 해안선이 되고
파도가 되고
계단이 되어
누군가의 등짝을 밟고 점점 둥글어지는 무덤
꿈속에서만 걷는 발이 있다
자라지 않는 아이의 눈 속에서 신발이 되고
의자가 되고 유리컵이 되고
담배 연기가 되는
발이 있다

잠이 들면
두 뼘 세 뼘 길어지는 발이 있다

시가 급하다

그가 방마다 기침을 한다 책상 위가 온통 흰 양 떼와 검은 새 떼다 손수건으로 얼굴을 훔치자 얼굴이 지워진다 그것도 모르고 그는 새똥만 닦는다 세상에, 새장이 말을 하다니 나는 시가 급하고 그는 새가 급하다 나는 양도 새도 아니고 성도 이름도 없다 나는 새소리와 양 울음 때문에 시가 죽는다고 새 모가지를 비틀고 그는 나 때문에 죽겠다고 양을 때리고 나를 때린다 내 방은 금방 새똥과 양털로 가득 차서 아수라가 된다 아우라가 아수라에서 죽게 되었다 나는 남의 머리 때문에 미쳐서 엉엉 울고 그는 새장만 키우자고 등을 두드리며 나를 위로하고 또 위로한다 요즘 와선 나는 새와 양만 키운다 책상 위엔 새똥과 양털이 뭉쳐 다닌다 양의 말도 들리고 새의 말도 들린다 다만, 그 밖의 말은 들리지 않는다

우리는 점점 더 비밀이 많아지고

툭 하면 혀가 끼여
어금니 사이에
밀가루 반죽처럼 쭉쭉 늘어나는
두 팔과 두 다리에
홑이불도 널고 고양이도 키우고
등짝에는 고사리도 말릴까 봐
그러다가 우물처럼 깊어진
그 틈새에 쑥 빠지면
문어 다리 쪽쪽 빨면서
쓰리고에 피박까지 씌우고
틈틈이 자장면도 시켜 먹을까 봐
머드팩은 허벅지
깊은 데까지
촘촘하게 바르고

초코칩 쿠키

아이부터 낳을까
똥부터
눌까, 말까
가스통을 껴안고
펑펑 우는 사내의 등짝을 식칼로 긁는다

젖꼭지를
뺄까, 말까
홍수에 떠내려 온 아이의
바짝 마른 입에
빈 젖을 물리고 또
물린다

활짝 열린 항문에 입을
쪽쪽 맞추면서

내가 잠시 캐스터네츠였을 때

캐스터네츠 짝짝짝 탬버린은 친친친, 그때 잠깐 내가 태어났나 봐요 동네 노래방에서 18번을 누르던 엄마가 염소처럼 웃었어요 여기까지는 나만의 오해죠
　　── 내가 잠시 노래였을 때

나는 나보다 더 먼 나라에서 살고 싶었어요 백 년을 하루같이 102호에서 짝짝짝, 별다방에서 쩍쩍쩍, 침대에서 트라이앵글과 마냥 탕탕거릴 수는 없잖아요
　　── 내가 잠시 빨간 풍선이었을 때

그때마다 내 표정이 어땠는지 한 번만 딱 한 번만 보았으면 했어요
　　── 내가 잠시 검은 거울이었을 때

어젯밤은 잠시 불꽃으로 태어났어요 밤하늘에서 노란 눈으로 펑펑 내릴 때 수많은 캐스터네츠가 동시에 손뼉을 쳤어요 짝짝짝!
　　── 내가 잠시 캐스터네츠였을 때

축복이었어요 세상에서 내가 점점 멀어진다는 건 트라이앵글과 심벌즈와 탬버린의 축하 인사와 함께 아, 고백하건대 이 짝짝이도 진짜고 이 거짓말도 정말 참말이에요 어쨌든 다들 어렵잖아요 나를 내가 대신한다는 건

— 내가 잠시 나였을 때

피도 눈물도 없이

새도 그리고
물고기도 오려서
하늘에 붕붕 띄웠어요
우리의 첫 보행이고 우리의 첫 외출이죠
길 한복판에서요 옥상 난간에서요
엄마는 동태 포를 뜬다고 우릴 잘 보지 못해요
동태보다 우리가 더 크고
동태보다 우리 머리가 몇 개나 더 많은데도요
동태나 우리나 명태나 엄마나
엄마에겐 다 그게 그거죠
동태 포를 뜨다가
엄마는 손가락도 자르고 손목도 그었죠
그런다고 엄마 손가락이
동태가 되나요
결국 엄마도 동태라서
피도 눈물도 없이
참 잘 놀았어요, 우리는
비늘 같은 손으로
동태 눈알을

눈에 붙이고 이마에도 붙이고
배에도 얼굴에도 비늘을
찰싹찰싹
참 잘 놀았죠

시트콤
— 비블로스[*]

또 늦었어, 학교 앞에서 지뢰를 두 번 더 밟았거든, 덩크
슛! 편의점의 빵도 훔치고 학교 화단의 빨간 양귀비도 다
따서 말렸어, 밤새 폭죽을 터뜨리던 운동장도 마을 공동묘
지가 되었지, 캐럴 송도 마저 다 외울 거야, 배 속의 내 동
생만 낳으면, 몇 달째 엎드려 자고 있는 아빠만 깨어나면,
메카에 눈이 와서 술탄 산타가 엄마만 잘 죽여 주면, 와우,
메리 크리스마스! 탄피도 씹고 초록 장갑차도 히치하이크
했어, 오늘은 담벼락을 스키드 마크로 검게 칠한 날, 스쿨
존 데이야, 학교가 학교인 날! 앗! 학교 앞에 무슨 표지판
이지? 제발, 학교 앞에 시체 좀 버리지 마세요!

[*] 지중해에 면한 레바논의 항구 도시.

즐거운 식사

나는 빤다
책상 다리를
나는 빨고 빤다
의자 다리를
나는 빨고 또 빤다
너의 포크를
목구멍을 찌르는 포크,
콧구멍을 찌르는 총구를
나는 물고 빤다 나는 삼 분마다
뱉어 낸다 삼 분마다
토해 낸다 너의
총알을 너의 칼끝을
너의 조각난 어금니를
너의 이름을

낮잠

늦게 태어난
아이는 발가락이 없다네
검은 방바닥을 싹싹 핥으면서
비행기 소리를 내며 천장을 기어 다녔다네

(이 문장을 읽은 지 한 달이 지났다)

어디로 가고 싶었을까
한 아이는 한쪽 눈을 반쯤 뜨고
또 한 아이는 발가락을 쪽쪽 빨면서 걸어 다녔다네
학교도 동물원도 공장도 정원도
다 문을 닫고 싶은 시간이었다네
한 아이가 제 손등을 콱 깨물고
다른 아이의 입속으로 싹싹 도망 다녔다네
또 한 아이가 노란 우산을 활짝 펼치고
운동장에 쓰러진 코끼리의 몸속으로 달아났다네

(이 문장을 쓴 지 한 달도 더 지났다)

이곳은 정원이었다가
욕조였다가 옷장이었다가 하는
일요일이었다네
모두가 하나쯤은 가지고 싶어 하는
엄마 손 같은 거였다네

사고 다발 지역

이곳의
키스나 포옹은
이마가 깨지고
이가 다 부러져야만 끝난다
약속하지 않고도
누구든지 한 번은 만나고야 마는
이곳에서
누가 먼저 무릎을 꿇고
고백을 했는가는 중요하지 않다
싸우는 사람이나
구경하는 사람이나
모두 일인칭으로 묻거나 답한다
전혀 모르는 사람으로
아주 멀리서 혹은, 아주 가까이에서
미끄러져서 온다
누구 손이 더 더러운가
어떤 체위가 더 깊이 포개지는가
핏자국으로 재면서
누운 데마다 앉은 데마다

흰 점을 찍고 빗금을 긋고 칠한다
그 위에 다시
침을 찍찍 갈기고
오줌을 질질 지리면서
이곳의 냄새를 지워 버린다

올가의 저녁 식탁

냄비 바닥에 바짝 쫄아 붙었지만 쫄티는 아냐
통통 튀고 짠 이야기만 갈아 대지만 팝콘은 아냐 맷돌
도 아냐

손톱마다 구린내가 심하지만 애널은 결코 아냐
토요일은 사연, 일요일은 사건으로 바뀌지만 멜로물은
아냐

새로운 문장마다 붉은 아가미를 벌리고 있지만
물고기는 절대 아냐

아니야, 아니야, 아니야

피카소의 저녁 식탁이지만 올가는 더더욱 아냐
혀를 날름거리며 세레나데를 부르지만 도마뱀은 결단코
아냐

아니야, 아니야, 아니라니까,

파란 실을 자꾸 풀고 풀어내지만 얼룩말은 아니라니까
아마존도 정글도 아니라니까

아얏, 너무 가까이 오지 마
뒷발에 세게 차인다니까

어제 다시 또 태어났을 때

죽은 애인에게 뺨 세 대를 맞고 코피를 흘린다. 일 년 내내 코피가 멎지 않는다. 숨을 쉴 때마다 코끝의 사마귀가 부풀어 오른다. 그 밖의 날씨는 예고도 없이 오는 불청객, 그 밖의 가능성은 함구하고 외면한다. 온다는 소문도 간다는 소문도 없다. 드러누운 바닥 밑에서 물 흐르는 소리가 난다. 집이 흐르고 있는 걸까. 이마에 붙인 부적을 방바닥에도 붙인다. 여행도 목욕도 삼간다. 내일은 수면이 지면보다 더 높은 날씨, 태어나자마자 너는 부고란에 이름부터 새겨 넣는다.

2부

스승의 날

불이 났다잖아
그것도 교실에

아예 다 타 버려라! 우린
하얀 커튼을 머리에 뒤집어썼지

꼬리가 있었나…… 그때 내가 실수로 밀어 버린 불꽃은,

낯익은 자세로 우리는 활활
잘 탔다지, 제법

불이야!
누군가 뛰쳐나가고

누군가 뛰어 들어오는 사이
불이야!

일곱 번째 밤

이곳의 일기예보는
너무 이르거나 너무 늦어서
온다는 폭우도 아직 오지 않고
간다는 폭설도 아직 가지 않습니다
오늘의 주요 뉴스는
경매 사이트에 나온 200년 전 두개골과
주인을 잡아먹은 애완견,
성별이 구별되지 않는 신생아입니다
내가 아는 명단에는 없는 이름입니다
오늘이 혹시 어제인가요?
첫날과 마지막 날의 알리바이는
별로 중요하지 않는 사건입니다
누구에게나 칠 일째 밤은 돌아오거든요
직립하는 것은 위험하다는 보도군요
아무라도 밟아 죽이기 쉽거든요
내장이 투명해지고
젓가락에 피가 묻어 나오지 않을 때까지
내 등에서 두 발을 내리지 마요
오늘 이후에도 일기예보는

해가 떴다 졌다 하겠습니다만,

사실은

거위 알 요리

아무도 없어요?

눈가에 검은 점이 있는 흰 거위와
거위의 목을 조르고 있는 벌거벗은 여자는
나는 모르는 사람인데요

누가 엄마고 누가 아빠인가요?

배도 고프고 오줌도 마려운데
나는 아무도 모르는 사람인가요?
나를 기다리고 있지 않았나요?
아, 내 몸에는 검은 점도 없고 깃털도 없어요

누군가 벽을 긁고 구멍을 파고 있어요
그 틈으로 알이 굴러 오는군요
입에서 입으로 알을 옮기고
제 몸에 난 핏방울로
알의 정수리마다 붉은 점을 찍는군요

나도 함께 기다려야 하나요?

알 속으로 다시 들어갈 수 없어요
꿈틀거리는 것은 모두 다
먹어 치웠거든요

오늘은 오늘의 토끼로

너는 꽃도 접고 리본도 매고 총알처럼 헤집고 다니는데
빨갛고 큰 토끼를 머리에 꽂고 먼지 뭉치처럼 뭉치고 다니
는데

구름이라고 해 줄까 솜사탕이라고 해 줄까

오늘이 언제라고 귀띔해 줄까 흰 말이 검은 말이 파란
말이 붉은 말이 휘날리고 휘달리고 토끼 귀가 짧아졌다 길
어졌다 맨드라미가 붉어졌다 검어졌다 하는데

그냥 토해 버릴까 마저 삼켜 버릴까

나만 토끼라고 눈만 까만 흰 토끼라고 네가 몰래몰래 그
려서 새까맣게 덧칠해 버리는 검은 토끼라고 검은 구름이
라고 검은 맨드라미라고

가족사진 2

산 자의 집에서 죽은 자가 불을 켜고 그릇을 씻는다.

산 자의 집에서 죽은 자가 빨래를 널고 이불을 턴다.

산 자의 집에서 죽은 자가 트림을 하고 기침을 한다.

산 자의 집에서 죽은 자가 날마다 죽은 아이를 낳는다.

산 자의 집에서 죽은 자가 산 자보다 더 많이 먹고

산 자의 집에서 죽은 자가 산 자보다 더 오래 잔다.

산 자의 집에 산 자는 없고 죽은 자만 있다.

산 자의 집에서 죽은 자만 오래오래 살아 있다.

5교시와 검은 돌고래

  젖은 채로 두세요 빈칸은, 이미 죽은 돌고래예요 숫자도
글자도 노란 바통도 주고받을 수 없는 관계지요 열 손가락
을 다 빠져나간 물이죠 알아요, 다 알죠, 알 건 다 알아요
어젯밤 그가 다시 찾아왔어요 빨간 모자를 돌려주더군요
내 이름이 아니지만 도로 돌려받았어요 자, 사지선다형이
에요 먹을 수 없는 식용을 골라 보세요 목발, 고양이, 모닝
커피, 돌고래, 제발 시간 좀 더 주세요 내 손의 물이 다 마
르려면 세 번째 아침이 와야 하거든요 남은 발가락만 세면
남은 문제를 풀 수 있을 거예요 다시 한 번 더 돌고래와 이
야기하고 싶어요 가능할까요? 답지에 쭈글쭈글하게 말라
붙은 납작한 돌고래 두 마리, 자, 5교시는 모두……

남다른 취향

아기를 낳았대 아기가 침대를 낳았대 침대에 아기는 없고 엄마뿐이야 침대뿐이야 자궁 안이야? 밖이야? 눈만 살짝 치켜떠 봐 어때 밤보다 더 환하지 근데 웬 산부인과야

어쨌든 이 침대에서 눈도 없이 눈사람처럼 녹아 사라졌다는 거지 하루에도 수십 명씩 소리도 없이 흔적도 없이 또 탯줄을 양말처럼 뚤뚤 말아 던지는구나 흠흠 이게 무슨 냄새지? 너 병실에서 또 삼겹살 굽는구나

미리 좀 가르쳐 주면 안 되겠지 언제 울 건지 언제 아플 건지 언제까지 개처럼 낑낑대야 하는지 안 되겠니 안 되겠지 아기인지 똥인지 혹인지 아무거나 낳기만 하면 되지 뭐 헤어숍 백화점 영화관 문 닫기 전에 빨리 힘이나 줘 낳을 거야 눌 거야 지울 거야

주렁주렁 달렸구나 감자처럼 고구마처럼 땅콩처럼 오리도 거위도 닭도 아니면서 어디서 이 많은 물혹을 왜? 어디서? 어째서! 애비도 없다면서 애비도 모른다면서 혹시 너도 물혹이랑? 도대체 지금 몇 인분째니 이제 그만 뒤집지 그러니 겉만 새까맣게 탔잖니

하이엣풍으로

그걸 야유라고 합니까
이왕 시작했으니까 끝을 맺어야지요
관중도 선수도 심판도 하나같이 다 음치군요
시합이 시작되려면
얼마나 입술이 더 두꺼워져야 하나요
진심은 늘 링 밖에 있어요
당신의 발바닥이 묻은 입술도
당신의 입술이 묻은 발바닥도
그 증거가 될 수 없지요
뭐라고 해명 좀 해 봐요
검은 손만 휘휘 내젓지 말고
뭐라고 말대꾸만 하면
유리창을 부수고 그 검은 얼굴을 들이밀 기세군요
자해만이 결백한 고백이라니요
귀를 찢는 고음으로 무리수를 두지 마세요
판정이 끝나지 않은 비트거든요
이제 그만 목구멍에서
주먹은 빼세요

조용한 회화 가족 No. 1

오늘 가족은 스미스입니다 방금 분양받았죠 오전의 대화는 이름 부르기와 가족 소개입니다 10페이지에는 비가 오고 다음 페이지부터는 계절이 바뀝니다 난치병도 범죄도 전쟁도 없는 동네입니다

가공인물인지 실제인물인지는 중요하지 않습니다 현장만 그대로 발음하고 사실만 그대로 읽어 주면 시간은 잘 가거든요 배경과 인물은 처음부터 끝까지 늙지도 죽지도 않는 비인칭입니다 아프거나 새로 태어나면 다시 편집하세요

이것은 하우스입니까 일주일은 칠 일입니까 오늘은 다시 오늘입니까 그는 형이기도 동생이기도 합니까 금요일마다 파티를 합니까 왼쪽으로 두 블록을 지나면 단원이 바뀝니까 겨울에도 눈이 옵니까 굿 나잇 굿 타임

이곳은 비즈니스도 모험도 다 안전합니다 모두가 다 가족이라고 굳게 믿고 있지요 페이지마다 크게 외치고 껴안고 소곤거리지만요 사실은 아무도 듣지 않고 아무도 말하지 못하지요 시즌 특별 부록이지요

건강한 취미

그는 운동도 끊고
섹스도 끊고, 끊고, 끊어 ……눈사람처럼 부푼 웃음,
얼굴보다 더 큰 손자국,
밤이면 밤마다 사각사각 사각 김밥을 먹고

쎄쎄쎄, 쎄쎄쎄, 아침 바람 찬 바람에 울고 가는 저 기러기

포인트 벽지/ 선글라스/ 레깅스/ 시폰 드레스
새벽부터 쇼핑백을 가득 채우는 건 오래된
취미, 건강한 취미라네
자정에서 자정까지

엽서 한 장 써 붙여서 구리구리 멍텅구리

방 한 칸 없는 그는
등가죽이 벗겨진 소파, 주룩주룩 비 맞는 구두,
코끼리가 무서워 코끼리가 귀여워
코끼리 등에서만 사는 노란 원숭이,
계란찜도 태우고 고구마도 태우고

머리카락도 태우고 제 눈알도 태우고

가위 바위 보! 가위 바위 보!

씹어 대던 수박씨는 퉤퉤, 아무 데나 퉤퉤, 뱉어 버리고

RE : 테디 베어입니다

희고 붉은 새알을
흐르는 물에 씻어 말리고
목 없는 거위에게 깔때기로 물을 주는
너를, 정원사라 부를까
또 까맣게 말린 알약을 새총으로 쏴서
비둘기도 비행기도 산 채로 잡는
너를, 그냥 요리사라고 부를까
치렁치렁 해초 같은 머리채를 머플러처럼
목에 감고 엉덩이에 감고
히치하이크하는
너를, 헬로 히피라고 부를까
누구라고 부를까
푸른 가루 세제를 욕조에 풀어
아이도 씻기고 개도 씻기고 뒷물도 하며
비눗방울 놀이 하는 너를
그저 그냥, 대머리 이발사라 부를까
물고기 비늘을 붙인 구두를 신고
옥상도 없는
계단을 올라가는 너를,

기침만 하면 배꼽이 자꾸 떨어지는

너를, 그냥

시인이라고 부를까

복도가 복도를 걸어갈 때

슬리퍼 소리가
박수 소리처럼 귀를 때린다
바닥이 물컹물컹하다
삼백 개의 창문이 동시에 열렸다 닫힌다
복도의 숨통은 너무 길다

나는 앞으로 가고 발소리는 뒤로 간다

손톱으로 흰 벽을
쭉쭉 긁으면서 간다
포개지는 발자국은 없다
잡히고 밟히는 손등도 없다
목구멍에 걸리는 톱밥 같은 공기만 있다
슬며시 뒷목을 쓰다듬고 가는
차가운 손목만 있다

남은 의자도 없고
골목도 없고 매달릴 철봉도 없다
우르르 몰려갔다 우르르 몰려오는 운동화만 있다

뚝뚝뚝 물 흘리는 낡은 가방만 있다
가방끈만 있다

발소리는 앞으로 가고 나는 뒤로 간다

시트콤
── 졸업식

　삼삼오오 짝을 지어 총질하고 제 총에 제가 맞아 오 분간 죽는다 자기 이름을 부르면서 옥상을 향해 네 발로 기어 올라간다 허공에서 물풍선이 펑펑 터진다 축하합니까 축하합니다 다수결로 지령에 임하는 익명의 플래시몹! 이해한다/ 보고 싶다/ 귀찮다/ 죽어 버려라/는 모두 이음동의어, 짝꿍 눈알로 저글링을 하며 게걸음을 걷는다 머리통만 한 츄파춥스로 머리통을 통통 치고 짝짝이 슬리퍼로 손뼉도 짝짝 친다 축하합니다 축하합니까 지령이 없는 날은 공휴일, 공원의 검은 비둘기를 때려잡아 죽이고 날려 보낸다 또 그 핏자국을 따라 친구 집을 찾아가는 마인드맵도 그린다 그다음에 다시 그 길을 잃어버리는 행운의 플래시맵도 그린다 그럼, 다음 지령은?

Happy Birthday

배가 고파, 콧물도 핏물도 다 말랐어, 가래침도 더 이상 나오지 않아, 엄마를 엄마라 불렀거든, 젠장! 언제부터 엄마를 엄마라고 부르게 된 거야? 단어장에 꿰인 수백 장의 혓바닥도 외우고 엉덩이에 찍힌 퍼런 손자국도 다 지웠어, 젖꼭지마다 젓가락으로 구멍도 뻥뻥 뚫었거든, 근데 케이크는 왜 안 자르냐고! 하얀 피로 채운 하얀 케이크, 탯줄로 토핑한 빨간 케이크, 끄응, 그럼 여보라고 부를 거야, 여보라고 불러 줘, 끄응 배가 아파, 아침까지 기다렸는데 미역국도 한 그릇 안 주잖아, 벌써 검은 머리가 보이기 시작하는데 말야, 자궁 물도 다 빠지고 울음도 다 말랐는데 말야, 제기랄, 엄마는 너무 쓰고 너무 질긴 개껌이야, 어떡해! 난 지금도 다시 태어나는데!

중이염

귀 안에서 손가락이 자란다
누가 낳은 알일까?
귀는 귀를 의심하고
따귀 맞은 손가락만 기억한다
누구신지,

나는 느닷없는 질문이고
바깥은 뜻밖에 컴컴한 대낮이어서
아무도 나를 알아보지 못하고
나는 귀에 고여 있는 말을
차마 또 뱉지 못하는 염증이고,

(안경을 다시 고쳐 써 볼까)

나는 다시 내 말을 흉내 내어
내 귀가 하는 말에 귀 기울여 말한다
내 눈꺼풀 위에 내가
앉아도 될까……?

(나도 모르는 사이에 약속이 취소되었어)

누가 나를 그릇그릇 내놓은 거야
귀 안에서 검은 물이 흘러나와

혹시,
내가 또 죽은 거 아냐?

낙법

개를 키운다고 금방 개가 되겠니
네가 외운 꽃은 여름이 없고
네가 키운 개는 이빨이 없지

사막처럼 누워서,

모르는 이름만 반복해서 외워 봐
외계어, 행성, 심해어, 분홍 고래, 묘지, 살모사, 햇빛, 핀셋
모든 뜻이 다 똑같아질 때까지

컴백에 실패한 한물간
영화배우처럼
피었다 늙었다 얼었다 삭았다
밤사이 달라지는 너,

언제, 어디서, 어떻게, 떨어질 거니?

창가에 붙어 앉아
한 명씩 한 명씩 사이좋게 떨어지자

왼쪽에서 왼쪽으로
잘못 만난 사이처럼 외면하면서

문제는
또 떨어지기 위해
9층 계단을 다시 오른다는 것!

꽃도 아니면서 컹컹거리며
개도 아니면서 힝힝거리며

이 시에는 스포일러가 있습니다

겨우 세 대 때렸는데요
배가 너무 고파
좀 잘래를 좀 잘해로
잘못 들었지요
영화 주인공처럼 다시 살아날 줄 알았어요
그뿐이에요, 그게 다예요
플로리다에 가요
오렌지와 오렌지 사이에 있는 섬이죠
공터를 지날 때만 보이는데요
주유소도 지나고 공중전화 부스도 지났지만
공터의 시간은 끝이 없네요
꼬리 잘린 개가 졸졸 따라오는군요
저는 모르는 사건인데요
편의점도 불을 껐군요
이제 저 시계만 멈추면 다시 시작하는데요
너무 오래 걸어 다닌 거 아닌가요
오렌지 껍질은 모두 씹어 먹었거든요
진짜 아무 짓도 안 했어요
그냥 돌을 거머쥔 채 오줌을 누고

뺨 세 대를 맞고

안녕! 사요나라!

4층에서 등을 민 것뿐이에요

소실점

정지선의 흰 발톱에

고양이 한 마리가 걸린다 창문 없는 버스가

질질 끌려간다 활자 없는 신문만

펄럭거린다 물에 젖은 메트로를

다운받는데 정지선에

밟혀 있는

구두 한 짝,

4층 난간에서

선인장 화분을 차례대로 던진다

누구부터 죽여 줄까?

꼬리만 남은 고양이가 정지선의 맨홀 속에

툭,

빠진다

위험한 종례 시간

키 큰 순서대로 앉아, 첫째 줄은 내빈용이야, 처음 부른 번호가 네 이름이야, 급식은 하고 가라, 급식비는 적분이 안 돼, 제발 진한 밑줄은 발로 밟지 마, 메모해, 메모, 내가 개밥이야, 왜 나만 보면 시계를 보는 거니, 마치는 종이야? 시작종이야? 여기가 처음이자 끝이군, 십 년이 백 년보다 더 질기고 지겨운 삶인 거 알아? 한꺼번에 몇 장을 넘긴다고 빨리 끝날 것 같니? 모든 것은 다 때가 있어, 종치면 끝내자, 또 바나나킥이군, 노란 바나나킥! 먹어도 먹어도 질리지 않고, 먹어도 먹어도 들키지 않는 불량 스낵, 녹여 먹을까 씹어 먹을까 몇 번까지 씹다가 말았니, 시작이 반이니까 거의 다 끝냈군, 한결같이 창가에 붙어서 졸고 있군 똑같은 앞머리 똑같은 포즈군 여차하면 창 쪽으로 몸을 날릴 자세잖아, 좋아? 좋아? 나도 좋아, 넌 분필을 입에 물고 넌 사물함에 머리를 넣어, 정말 안전하고 위험한 종례 시간이군, 몇 분 남았니, 몇 장 남았니, 정리하고 예고하는 오분간 오늘은 오늘이고 내일은 내일이지. 아직까지 안 온 사람 손들어 봐, 무슨 하느님이 아직도 생리 휴가 중이니, 두 손 묶고 기도해 봐, 걸신들린 너의 스낵 하느님이, 행여나!

로모*그래퍼(Lomographer)

덧난 데 꼭 덧나고 틀린 데 꼭 또 틀려요 덧붙인 데 또 덧붙이고 덧칠한 데 또 덧칠해요 아닌데 자꾸 또 아니라고 우기고 또 우기고 시계도 식탁도 다 지워 버린다는 거죠 구름 같은 의자나 의자 같은 구름처럼요 그저 의자나 빙빙 돌리면서 어디가 아프냐, 그만 좀 울어라, 입 좀 더 크게 벌려라 똑같은 요구나 해 대는 채널처럼요 때로는 구름이라고 커튼이라고 정원이라고 우기기도 해요 사실 나는 부분적으로 다리가 네 개고 부분적으로 귤껍질이고 음치고 또 금요일 오후인데요 누구라도 내 이름만 분명히 불러 준다면 비면 비, 구름이면 구름, 의자면 의자, 뗐다 붙였다 찢었다 내 맘대로 오전은 평일, 한낮은 공휴일, 오후는 기념일로 바꿀 수 있는데요 구름 종이를 말았다가 폈다가 찢었다가 잘랐다가……

* 독특한 색감이 특징인 소형 카메라.

3부

그 이전

바위에 붙어 있었을 때입니다
빨아 먹는다가 생각이었고
달라붙는다가 행동
구워 먹는다가 상상이었을 때지요

아, 모르겠어요

무엇에 달라붙어 빨아 먹고 구워 먹었는지
무엇이 달라붙어 핥아 먹었는지
빨대처럼 깔때기처럼
몸 전체가 구멍이었을 때입니다
그 구멍에서 태어난
검붉은 암초, 조개껍질, 해파리, 거품이
한 바퀴 또 한 바퀴 돌고 돌아
물방울이 되었을 때

아, 정말 모르겠어요

그 물방울에 붙어 있었는지
내가 그 물방울이었는지

교실 다운 증후군

내가 방금 뭐라고 그랬지, 짝꿍 허벅지를 긁던 손가락이 코를 파며 킥킥거린다, 아스피린을 끊은 게 탈이야, 내가 방금 무슨 말을 했는지 알았으면, 모든 문장이 소음이고 최음이고 졸음이군, 신음으로 끝낼 수 없을까 내가 방금 무슨 말을 했을까, 죽겠지 죽겠지 말하는 네가 더 죽겠지, 다운 증후군은 반복반복반복만이 살 길이야, 모르는 것을 모를 때까지 하고 하고 또 하고, 뭘 한다고? 모르지 너도 모르지 나도 몰라 뭘 모르는지 뭘 아는지, 다운 증후군의 합병증은 기억상실이거든 좌우지간 지나친 의욕도 죄악이야, 상기 학생은 학습에 대한 의욕이 있으나 실천의 의지가 전혀 없음, 사실 너도 다운 증후군이지? 벌써 열세 번째야 면역이 안 생겨 내가 한 말을 나도 알 수 없어 반복 증후군에 걸렸나 봐, 뭐 월반을 한다고? 웃기네, 내가 금방 무슨 말을 했는지 무슨 질문이 들어왔는지 알 수 있다면. 몰라도 뒤탈은 없겠지만 숨이 조금이라도 붙어 있을 때 물어봐야 해 아, 지금 내가 뭐라고 말하는 거지?

츄파춥스

누굴까
지금도 내 입속에, 제 맘대로 혀를 밀어 넣고 내 혀를
감았다가 빨았다가
가래침처럼 퉤, 뱉고 녹아 버리는
빨판처럼 파란

혓바닥, 너는?

가위손 엄마

머리카락을 잘라요
탈탈탈탈 세탁기 우는 밤에
엄마랑 딸이랑
싹둑싹둑 잘라요 댕강댕강 잘라요
바짝 말린 욕조 안에 주저앉아
둘 다 벗고 잘라요 홀딱 벗고 잘라요
앞머리는 눈썹에 맞추고
뒷머리는 어깨선에 맞추고
히득히득 키득키득
엄마는 엄마가 너무 길고요
딸은 딸이 너무 길어요
엄마는 왜 머리카락이 자라지 않지
나만 왜 자라는 거야
엄마는 너무 다정하고 너무 친절한 가위손
딸만 잘라요 딸만 깎아요
엄마는 엄마 털을 뒤집어쓰고
딸은 딸 털을 뒤집어쓰고
깔깔깔 낄낄낄
세탁기 우는

겨울밤에

엄마는 엄마처럼 딸은 딸처럼

가족사진 1

어제 먹은 그릇에
세수를 하고
밑을 씻고
다시 그 물에 밥을 말아 먹는다
누가 누구의 그릇인 줄 아무도 모른다

보아뱀 코브라 아나콘다를
한 마리씩 키운다
외출할 때마다 풀어 놓고
돌아오면 도로 입안에 넣는다
누가 누구의 뱀인지 아무도 모른다

이 사진에는
보이는 자는 없고
보여 주는 자만 있다

모두들 배꼽만 닮았는데
그것이 배꼽인 줄 모른다

시체는 많은데 죽은 사람은 없고
죽은 사람은 많은데 시체는 없다
누가 누구의 시체인지 아무도 모른다

이 사진에는
보이는 자만 있고
보려는 자는 아무도 없다

반성문 쓰는 시간

개 때문이에요, 문밖에서부터 줄줄 따라온 검은 개요, 두개골을 돌로 콱 찍었죠, 귀찮고 모르는 이름이잖아요, 아무도 말리지 않고 아무도 때리지 않았어요, 어차피 개들의 일이죠, 사실은 개 덕분이에요, 마치 피시방 같았다니까요, 아니, 보도방요, 쌤, 불 붙여 드릴까요? 정직해요 나는, 나한테만 거짓말을 한다니까요, 죄가 있다면 나한테서 내가 도망가지 못한 것이죠, 하고 싶은 것도 없고 하기 싫은 것도 없는 거죠, 말할 때마다 흰 설탕을 한 움큼씩 입에 털어 넣고, 나무젓가락으로 양쪽 귀를 뚫고 싶어요, 슬리퍼 대신 머리를 질질 끌고 다니면서요, 물론, 내 머리죠, 아, 이 이야기는 물에 젖으면 안 되는데요, 쌤, 여기 사인하면 되지요? 이제 끝인가요? 이제 남은 일은 내가 이 자리에서 사라질 때까지 나만 쳐다보는 거예요

알

등에 업은 알이 자꾸 흘러내린다
배 속의 검은 알은 발길질만 세게 한다

백 년에서 하루가 모자라
알을 못 낳고
백 년하고도 또 하루 동안
죽은 알만 내리내리 낳는다

마지막 남은 어금니를 뺀다
자국에 난 마지막 송곳니도 뺀다

알이 나온다
진통도 없는데

검은 지갑만 시뻘겋게 열려 있다

엄마손 고무장갑

이제 막 엄마가 되고
이제 막 딸이 되었어요
우는 얼굴이 꼭 노란 양배추 같네요
누구나 처음은 다 그래요
며칠 빠르면 토마토, 며칠 늦으면 양파가 되지요

지금 울고 있는 게
엄마인지 딸인지 알면 뭐해요
탯줄을 먼저 끊은 사람이 딸인지
미역국을 먼저 먹은 게 엄마인지 알 게 뭐예요
누구나 첫 만남은 그렇지 않나요

뜨거운 국물을 후루룩 마시고
각얼음을 와작와작 씹어 먹고 곧바로
넌 가 보겠습니다
인사하고 가면 안 되나요
안 될까요

삼칠일 내내 기다리는데

삼신할미도 조왕신도 오지 않네요
삼칠일 내내 하얀 실타래
가위가위
잘라 놓고
어떤 손이 엄마손인지 몰라보라고
빌고 또 비는데요

이봐요, 그만 울고 말 좀 해 봐요

누가 먼저 엄마 할래요?

사랑의 슬픔

밤새워
신간과 잡지를 베껴 쓰다가
곧바로 찢어 버려요
더 오래 기억하기 위해서
아침에는 흰 우유를
저녁에는 검은 우유*를 마셔요
휘파람을 불면서
주먹을 쥐었다 폈다 부르르 떠는 건
내가 나를 더 사랑한다는 뜻이죠
왼뺨을 때리면 즉시 오른뺨을 때리세요
내가 나를 처음 만난 날처럼, 안녕!
셀 수 없는 입술로
셀 수 없는 눈동자로

알잖아요?

얼굴과 손과 눈과 발목이
눈사람처럼

동시에 하나 되는 기분!
동시에 하나로 녹는 기분!

* 파울 첼란의 시 「죽음의 푸가」에서.

우리 집 바비

바비는 털 먹는 벌레다
보호색이 없어
천적만 만나면 벌렁 나자빠져 죽은 척하는데
냄새는 숨기지 못해서 꼬박꼬박 들킨다
벌레인 주제에 벌레를 잡는 것이
특기이자 취미인데
얼룩이란 얼룩은
점이란 점은
전부 다 벌레로 보여서
파리채를 휘둘러 제 얼굴을 피투성이로 만든다
이웃과 이웃이 되는 것이 어색해서
옥상까지 계단으로 오르내리다가
도둑으로 신고되고
아침마다 제가 낳은 검은 알로
달걀말이를 해서 저녁까지 두고두고 먹는다
외출하기만 하면 살짝살짝 왔다 가는
검은 고양이 때문에 바비는
일 년 내내 낮잠 속에
숨어 산다

철사 스웨터

털실을 샀다 잔털이 숭숭 잘려 나간 쥐회색 털실, 머리
카락 스웨터를 입고 싶었다 검은 사막의 모래 같은 스웨
터? 쉐타? 스웨러? 털실은 교본의 규칙을 따라 올라갔다
나무는 건강했고 바람은 잠잤고 아파트를 사려는 사람은
아직 없었다 외풍이 심해 한 코도 놓치지 마 몸통만으로
도 털실은 없어졌다 누구도 누르지 않은 인터폰, 팔이 없는
아파트를 어떻게 팔지? 팔을 붙이면 돼 팔이 없는 몸에서
는 철사가 자랐다 짙은 털이 검은 철사처럼 철철철 피어나
서 스웨터를 짰다 여러분, 그 뒤 철사 인형은 은빛 스웨터
속에서 올올이 행복하게 잘 살았대요

유의어 사전 2

저수지는
어둡다의 밑바닥에
누워 있는데 입 냄새가 검게
끈적거리지 —— 찐덕거리지
저수지 물을 다 빼고
뻘 바닥에 큰 대 자로 뻗으면
가위라는 모서리는 다 닳아 버리지
가위에 잘린 새는
콧날과 귓바퀴만 남아 있지
그 핏자국은 아프다의 등짝에
말라붙어 있는데 물풍선의 뱃가죽처럼
꿀렁꿀렁하지 —— 쿨렁쿨렁하지
모르는 의학 용어로
욕하고 신음하고 손찌검을 하는 것은
목뼈만 골라 먹는 재미지
껍질만 골라 먹는 재미지
그때 흘린 침은 더럽다의 셋째 계단에
고여 있는데 심야 클럽 명단에서
지워진 이름이지 재료를

알 수 없는 오늘의
추천 메뉴지

언니 생각

우주에서 툭 떨어졌대
이 운석은

거의 동일한 속도와 거의 일정한 거리로

부딪치고 깨지면서
떨어지는 동안
내내 창문만 깨고 내내 속눈썹만 붙이고 내내 노란 계
란만 삶아 대고
코가 깨지고 눈알이 빠져나가도
언니는 옆도 뒤도 안 돌아보고

모든 평행선은 끝내 결국은 만난대

이 세상 모든 운석은
언니라고 믿고 있는 언니처럼

이 시는 모두 각주입니다

편의점에 가요 발굴되지 못한 페이지를 사러 가요 머리
에 구멍이 뚫린 유골이 오늘의 나머지래요 소문났어요? 언
제 유찰될지 몰라서 줄 서서 기다려야 해요 쿠폰이 쿠키
파일이래요 재수 없게, 머리가 두 개인 아이와 머리가 없
는 아이는 클릭이 안 돼요 희귀 샘플이거든요 이달의 베
스트셀러는 식물 등급이어요 조회수를 높일 만한 제목이
아니었나 봐요 긴 꽁지머리가 사다리를 타고 올라가요 담
쟁이덩굴처럼 새 발자국이 찍히네요 혹시 죽은 사람인가
요? 저런 속도로는 결말을 쉽게 낼 수 없어요 혹시 벌레일
까요? 화가나 시인일지도 몰라요 어쨌든 책 표지마다 검은
색칠을 하잖아요 마지막 장은 책 속의 벌레를 잡는 장면이
에요 내가 먹을 차례지요 긴급문자서비스입니다 ── 지금
동물원을탈출한노란벌레빨간벌레검은벌레가문자를읽고있
습니다 ── 자, 이제 진짜 문제예요 벌레 다음 페이지의 발
굴 날짜를 발굴하세요 느긋하게 계산하셔도 돼요 당신은
그럴 권리가 있어요 24시 편의점이잖아요 편리하게 벌레라
고 생각해요

진행입니까 퇴행입니까

내일 또 만나자

바다 밑바닥에 쪼그리고 앉아
나무와 돌과 별, 물고기와도 모두 헤어졌는데
백 년이 싹 지나가 버렸어
국물 묻은 접시를 씻고
치맛단을 다시 내리고 있는 사이에

그럼, 다시 태어나게 된 거야?

이제 겨우 기지개도 켜고
트림도 하고
화초에 물도 주고 밥물도 맞추게 되었는데
백 년이 딱 멈추어지게 된 거야

작아져서 못 신는 구두
앞으로 커져서 또 못 신게 될 운동화를
배냇저고리 옆에 챙겨 넣으면
어느새 반소매가 긴소매가 되어 있어

어제 또 만나자 했는데
내일 또 만나자 했는데

일기예보

　장례식에 간다 망자의 신발을 파는 패스트푸드 점에 간다 엉킨 머리카락으로 짠 검은 꽃다발을 들고 간다 여기서는 아무것도 사지 않고 아무것도 팔지 않아요 아무도 누군지 알지 못하고 몰라도 되는 거리이지요 시침이 멈춘 관객 하나, 벽으로 난 길 위에 서 있다 나는 모든 것을 사고 모든 것을 다 팔지요 완벽하게, 멸균 포장된 검은 관에서 물 흐르는 소리가 난다 는개비 내리는 4월, 누가 저 먼 곳에서 왔다 갔는지, 누가 다시 저 먼 곳에서 오는지 소리 먹은 사이렌이 아침까지 울고 있다 언제부터 비가 왔는지, 언제까지 비가 올는지 검은 까마귀 떼만 헌 집을 헐고 또 헐고 있다

　빗소리는…… 방음이 되지 않는다

우린 너무 다정한 타향

집 나간 언니가 돌아왔어
그사이, 나는 배가
풍선처럼 부풀고 손톱만 검게 길어졌지

나 대신, 너 대신 잠만 자더라
잠만 자더라 지퍼처럼
꾹 다문 입안에서
오래된 생선 냄새가 났어

그사이, 나는
아기를 둘이나 더 낳았는데
등이 붙어 있더라 뒤통수도 붙어 있더라
그건 나쁜 거야? 아픈 거야?
가방 옆에 쪼그리고 앉아
육포 쪼가리를 빨던 언니가 물었어

그건 백 년도 더 된 일이야
우리 유서가 전집보다 더 두꺼워지게 된 건
등이 붙은 우리가 남은 유서를
다시 쓰게 된 건

이 게임은 음성 녹음으로 시작합니다

마른 낯을 문지르고 가르마를 왼쪽으로 바꾼다 실내 방
송이 웅웅거리다가 끊어진다 누가 우는 것일까 팝콘과 콜
라를 사고 바지 주머니에 손을 넣다가 누구 손인지 몰라
비틀어 집어 던진다 지하로

내려갈까 예약이 매진된 6관에 아무도 없다 아직까지
밤인가 벽에 바짝 등을 붙이고 걸어간다 벽이 물컹물컹하
다 발끝을 바짝 들어 키를 키워 보고 허리띠를 1인치쯤 졸
라 보고 개다리 춤을 춰 본다 여전하다 바깥은

해가 지지 않는 밤 붉은 윗잇몸을 드러내고 웃어 본다
내 얼굴이 아니다 왼손을 들어 하이! 하려다가 콧구멍을
찔러 코피가 난다 대수롭지 않다 팔짱을 끼고 노려보다가
가랑이를 벌렸다가 누구세요

누구세요 계단을 내려가며 소리친다 아니에요 정말 아
니에요 제 핏자국이 아니에요 의자에서 일어나다가 천장에
머리를 부딪친다 숨 쉬지 마! 누군가 동시에 일시에 내 따
귀를 때린다 마이크의 입술이 퍽 터진다

내 얼굴에서 사과가

라고 씁니다, 문장마다 고인 눈물을 쓰윽 문지르고 내
이름은 부르지 마, 라고 씁니다, 그때 내 입을 틀어막은 사
과는 누구 손이죠? 발가벗고 거울 위에 다시 서 볼까요?
난 대답은 잘 안 해요 내 인사법이지요, 라고 씁니다, 알람
이 우는군요 몇 시죠, 지퍼를 올리다가 오줌 눈 기억이 없
어 다시 지퍼를 내립니다 왼손이 한 짓을 왼손도 모르게
하라고 했지요? 왜 남의 이름을 부르지요? 연필을 깎다가
발톱도 후비다가 시곗바늘을 거꾸로 돌려요, 라고 씁니다,
속옷도 갈아입고 머리도 빗고 어제는 십 년 동안 개기일식
이었어요, 라고 씁니다, 아마 9시였죠, 내 얼굴에서 사과가
굴러떨어진 시각이?

시트콤

누가

내 머리에 찍어 놓고 갔을까?

검은 새 발자국

내가 왜 여기 또 죽어 있을까?

밥솥만 열면

흰 쌀밥 위에 흰 새 발자국

내가 다시 태어났을까?

나만 모르게

시트콤의 시공간은 언제나, 어디서나

오은(시인)

모든 일은 학교에서 시작되었다

그런 공간이 있다. 말만 들어도 내 집처럼 편안하고 익숙한 공간, 나를 구성하고 종래에는 규정짓는 공간. 조민에게 있어 그 공간은 아마 학교일 공산이 크다. 일반적으로 학교라는 공간은 누구나 한 번쯤 거치게 되는 공간임에 틀림없지만, 조민에게 이 공간은 언제 터질지 모르는 화약고 같은 곳이나 마찬가지다. 금방이라도 사건이 고개를 들어 나를 놀래는 공간. 시시로 나의 과오를 각성하게 만드는 공간. 나를 키웠지만, 동시에 나를 배반하기도 한 공간. 세상이 얼마나 어처구니없이 돌아가는지, 상상은 또 얼마나 무시무시할 수 있는지 난생처음 파악할 수 있게 도와준 공간. 그리고…… 세계의 문법을 거스르게 만든 장본인들이, 바로 거기에 있다.

학교는 정규교육이 본격적으로 시작되는 곳이지만, 조민의 시에 등장하는 화자들에게 학교에서의 교육은 시시하기만 하다. 그들은 오히려 "학교 앞"에 깔려 있는 "지뢰"를 발견하고 "마을 공동묘지"가 된 "운동장"(「시트콤 — 비블로스」)을 관찰하는 데에서 묘한 쾌감을 느낀다. 지루한 수업을 거부하는 일, 아니 더 정확히 말해 지루한 수업에 대해 말하는 것을 거부하는 일은 마치 그들의 숙명이자 숙원처럼 보인다. 그러므로 그들에게 학교는 더 이상 일방적인 교육의 장이 아니다. 그들은 쌍방향적 소통을 원하고 어떤 과업의 중심이 되길 간절히 기원한다. 학교의 시곗바늘은 계속해서 돌아갈 테지만, 그들은 시침과 분침, 그리고 초침이 가리키는 방향대로 결코 움직이지 않을 것이다. 조민의 말마따나 그들은 "피도 눈물도 없이/ 참 잘 놀았다"(「피도 눈물도 없이」)던 전력(前歷)이 있는 무시무시한 아이들이니까.

따라서 그들에게 "학교 근처에도 못 가 봤다"라는 관용구는 교육의 수혜를 받지 못했다는 뜻이 아니라, 학교에서 벌어질 수 있는 놀라운 일들을 놓쳤다는 의미로 받아들여진다. 그들이 생각하기에 학교에서 벌어지는 크고 작은 사건들에 가담하지 못했다는 것은 '반쪽짜리의 발육'과 다름없다. 학교라는 현장은 비단 '학습'만을 위한 공간이 아니라, 다양한 에피소드의 '참여'를 통해 거기에 걸맞은 '역할'

을 익히는 공간이기 때문이다. 이 사실을 너무도 잘 아는 그들은 마치 약속이라도 한 듯 수많은 에피소드에 고개를 내밀어 '수동태의 나'를 '능동태의 나'로 바꾸어 놓는다. 그리고 이러한 일련의 소동들을 통해 사회화가 이루어진다. 그들이 스스로를 교육하고 성장시키는 것이다.

학교의 깊숙한 곳으로 시선을 옮겨 보아도 이 불온한 태도는 결코 변하지 않는다. 가령 그들은 "먹어도 먹어도 들키지 않는 불량 스낵"(「위험한 종례 시간」)을 선생님 몰래 씹어 먹는 데서 쾌감을 느끼고, 불이 난 교실을 바라보며 "아예 다 타 버려라!"(「스승의 날」) 라고 외칠 만큼 영악하기까지 하다. 그들에게 학교라는 공간은 단순히 한자리에 붙박여 공부를 하는 곳이 아니라, 자기들만의 은밀한 놀이를 하고 딴청 부리는 기술을 배우는 곳에 훨씬 더 가깝기 때문이다. 이 때문에 그들은 제도권의 끈질긴 흡수에서 벗어나기 위해 끊임없이 발버둥을 친다. 규칙을 어기는 것은 물론, 말대답을 하며 자기주장을 내세우는 것이다. 학교가 이런 그들을 가만히 놔둘 리 없다. 소박한 일탈 후에는, 어김없이 그들에게 반성의 시간이 주어진다. 바야흐로 사회의 응징이 시작되는 것이다.

개 때문이에요, 문밖에서부터 졸졸 따라온 검은 개요, 두 개골을 돌로 꽉 찍었죠, 귀찮고 모르는 이름이잖아요, 아무도 말리지 않고 아무도 때리지 않았어요, 어차피 개들의 일이죠, 사실은 개 덕분이에요, 마치 피시방 같았다니까요, 아니, 보도방요, 쌤, 불 붙여 드릴까요? 정직해요 나는, 나한테만 거짓말을 한다니까요, 죄가 있다면 나한테서 내가 도망가지 못한 것이죠, 하고 싶은 것도 없고 하기 싫은 것도 없는 거죠, 말할 때마다 흰 설탕을 한 움큼씩 입에 털어 넣고, 나무젓가락으로 양쪽 귀를 뚫고 싶어요, 슬리퍼 대신 머리를 질질 끌고 다니면서요, 물론, 내 머리죠, 아, 이 이야기는 물에 젖으면 안 되는데요, 쌤, 여기 사인하면 되지요? 이게 끝인가요? 이제 남은 일은 내가 이 자리에서 사라질 때까지 나만 쳐다보는 거예요

—「반성문 쓰는 시간」

「반성문 쓰는 시간」을 통해 우리는 그들의 행동 패턴을 파악하는 것은 물론, 나아가 그들을 이해하기 위한 첫걸음을 뗄 기회를 얻을 수 있다. 그들은 늘 해 오던 대로 처음부터 끝까지 변명을 늘어놓기에 바쁘다. 그리고 그 변명은 "개"에서 "검은 개"로 구체화되거나 "피시방"에서 "보도방"으로 재빠른 자기 수정(self-correction)의 과정을 거치기도 한다. 그러나 이 숙련된 애드리브에 중심 내용이 있을 리만무하다. 그들은 변명에 다른 변명을 덧씌우거나 순식간에 화제를 돌림으로써 선생님의 문책을 요리조리 피해 나간다. 당장의 꾸지람을 막아 보기 위해 아득바득 입을 놀리는 것이다. 그들은 정말이지 쉬지 않고 말한다. 좀처럼

마침표를 찍을 겨를을 주지 않는다. 그 와중에 사이사이 자신들의 아이덴티티를 드러내는 것도 결코 잊지 않는다. "쌤"이라는 호명을 통해 선생님을 낮추어 부르기도 하고 선생님에게 "불 붙여 드"리겠다며 도발적인 존경을 표하기도 하는 것이다. 그렇지만 그들은 끝끝내 자신의 "죄"를 인정하지는 않는다. 아니, 정확히 말해 인정할 수 없다. "죄"를 인정하는 순간, "나한테서 내가 도망"갈 기회를 영영 잡을 수 없을 뿐만 아니라 "나무젓가락으로 양쪽 귀를 뚫고 싶"은 소원이 물거품이 될 공산이 크기 때문이다. 치기 때문에라도 사회에 맥없이 순응하거나 윗선의 명령에 복종할 수는 없다.

그들은 이런 식으로 끊임없이 사연을 이어 나간다. 이 사연들은 모이고 모여 비로소 하나의 이야기를 이루게 된다. 그런데 "이 이야기"가 "물에 젖으면 안 되는" 이유는 대체 무어란 말인가. 그들은 왜 '이야기'를 그리도 중요하게 생각하는 것일까. 뒤죽박죽인 나머지 흡사 구구절절하게까지 들리는 이 이야기는 자신들만의 화법을 통해 세계를 구축해 나가고자 하는 그들의 의지를 확연히 드러내 준다. 아직 '어른'이 되지 않은, 그러니까 "쌤"이라고 불릴 하등의 여지도 없고 "보도방"에 드나들 권리도 갖추지 못한 시기를 그들은 그저 살아 내고 있을 뿐이다. 그리고 이런 그들에게, "이야기"란 "수다"나 "담화"를 넘어서는 어떤 것이다. 그것은 외려 스타일에 더 가깝다. 이를테면, 생을 짊어지는 방식. 특정한 시기를 부대끼며 가까스로 통과하는 방식. 그러므로 "내가 이 자리에서 사라질 때까지 나만 쳐다보는" 일은 이야기가 끝나지 않는 이상 계속될 것이다. 내가 그 이야기의 주인공이 되어야 함은 두말할 필요도 없다.

학교는 왜 그들을 그렇게 만들었는가. 그들은 왜 학교에 등을 돌릴 수밖에 없었는가. 왜 학교에서 온갖 일탈을 감행하지 않으면 안 되었는가. 그들에게 학교란 "먹을 수 없는 식용을 골라"(「5교시와 검은 돌고래」)야 하는, 논리적 모순으로 가득 차 있는 공간이기 때문이다. 또한 학교가 "가방끈만 있"는 곳, "목구멍에 걸리는 톱밥 같은 공기만 있"는 곳이란 사실은 그들을 더욱 숨 막히게 만들기 충분하다. "복도의 숨통은 너무 길"지만, 정작 학교는 학생들의 숨통을 죄는 데 여념이 없는 것이다. 외로워진 그들은 "포개지는 발자국"이나 "잡히고 밟히는 손등"을 찾아 헤매지만, 슬프게도 그것들은 학교 그 어느 곳에도 "없다". 아마 이대로 지내다가는 "물 흘리는 낡은 가방"(「복도가 복도를 걸어갈 때」)처럼 '눈물 흘리는 늙은 사람'이 되기가 십상일 것이다. 그래서 그들은 다짐하는 것이다. 더 단단해지고 더 강해져야 한다고, "숨이 조금이라도 붙어 있을 때 물어봐야"(「교실 다운 증후군」) 한다고, 그렇게 해야만 언젠가 나만의 이야기를 쓸 수 있을 거라고.

요컨대, 그녀의 화자들에게 학교란 뻔뻔함을 배우는 곳, 나아가 삶의 부조리를 깨우치는 최초의 공간이 된다. 세상

만사가 자신의 마음대로 굴러가지 않을 수도 있음을, 바라만 보고 있어도 키득키득 웃음 나는 일들이 비일비재하다는 걸, 그들은 학교에서 몸소 깨닫는 것이다. 시집에 실린 상당수의 시편이 학교에서 일어날 법한 에피소드들로 구성되고 있는 것도 다 이 때문이다. 그들은 학교에서 이미 너무 많은 것들을 알아 버린 것이다. 그리고 이런 그들의 모습을 조민은 가만히 지켜본다. 그들 편에 서서, 그들의 육성을 생생히 전달하면서. 그녀도 예전에 "그들"의 일원이었으므로, 그들이 겪어 냈던 시기를 온몸으로 통과했으므로. 어디까지가 현실이고 어디부터가 환상인지 좀체 알 수 없는 시기였지만, 그녀는 그 시기를 떠올리며 그들과 기꺼이 재회한다. 학교로 찾아가 다시 한 번 그들이 된다.

그래서 그녀는 자꾸만 뒤를 돌아다본다. 웃기는, 웃겨서 연방 콧방귀나 나오는 시기였지만, 풋풋함이라도 있었던, 적어도 악의는 없었던 그때로 되돌아가고 싶은 것이다. 그 시기는 거부와 반항으로 점철된 시기였지만, 그녀는 그 시기마저 거부하고 반항할 수는 없다고 느낀다. 그 시기로 말미암아 세계의 문법을 익힐 수 있었기에, 그 문법에서 치명적인 오류를 발견할 수 있었기에, 오류를 참지 못하고 과감히 세계를 박차는 용기를 발휘할 수 있었기에. 따라서 조민이 펼쳐 놓은 세계에서 일탈은 결코 소박하게 끝나지 않는다. 이 세계는 그렇게 순수하거나 순순하지 않다. 학교는 일의 진원지일 뿐, 결코 종착역이 될 수는 없기 때문이다.

학교를 졸업하면 더 커다란 세계가 이들을 기다리고 있다. 그 세계에서 또 어떤 일들이 벌어질지는 아무도 모른다. 그러나 일단 인생의 한 고비를 잘 버텨 냈으니, 그들은 자신들을 향해 "손뼉도 짝짝" 치며 목청이 터질 듯 외친다. "축하합니다".(「시트콤 — 졸업식」)

느낌표와 물음표의 세계

학교에서의 예행연습은 끝이 났다. 이제 그들은 더 적극적으로 세상에 다가가려고 한다. 자신만의 이야기를 펼칠 때가 드디어 도래한 것이다. 그러나 세상은 이들이 살아내기에 그리 호락호락하지 않다. "죽은 애인에게 뺨 세 대를 맞고 코피를 흘"려야 함은 물론, "태어나자마자" "부고란에 이름부터 새겨 넣"는 것도 두려워하면 안 된다. 그리고 이 공격은 "그 밖의 날씨"처럼 "예고도 없이"(「어제 다시또 태어났을 때」) 찾아온다. 따라서 그들은 매분 매초 정신을 바짝 차리고 있어야만 한다. 이 세계는 "온다는 폭우도 아직 오지 않고/ 간다는 폭설도 아직 가지 않"는 세계이므로, "아무라도 밟아 죽이기" 쉬운 세계이므로, 지나치게 불확실하고 그만큼 또 위험한 세계이므로. 한 가지 다행인 것은 그들은 이미 학교에서 영악해질 대로 영악해졌기 때문에, "이곳"에서 도피하기 위해 아득바득 애를 쓰거나 선

불리 고개를 돌려 외면하지 않는다는 점이다. 그들은 외려 "이곳"의 실체를 파악하는 데 혈안이 되어 세계를 들여다보고 또 들여다본다. 그리하여 결국 "칠 일째 밤"(「일곱 번째 밤」)을 맞이하는 그들의 자세는 부정(否定)으로 가득 차 있게 된다. 그 부정은 시종 유머를 동반한다는 점에서 염세(厭世)로 빠질 위험이 없고, 엄살과 과장의 목소리를 빌린다는 점에서 읽는 재미 또한 놓치지 않는다.

냄비 바닥에 바짝 쫄아 붙었지만 쫄티는 아냐
통통 튀고 짠 이야기만 갈아 대지만 팝콘은 아냐 맷돌도 아냐

손톱마다 구린내가 심하지만 애널은 결코 아냐
토요일은 사연, 일요일은 사건으로 바뀌지만 멜로물은 아냐

새로운 문장마다 붉은 아가미를 벌리고 있지만
물고기는 절대 아냐

아니야, 아니야, 아니야

피카소의 저녁 식탁이지만 올가는 더더욱 아냐
혀를 날름거리며 세레나데를 부르지만 도마뱀은 결단코

아냐

　아니야, 아니야, 아니라니까,

　파란 실을 자꾸 풀고 풀어내지만 얼룩말은 아니라니까

　아마존도 정글도 아니라니까

　아앗, 너무 가까이 오지 마

　뒷발에 세게 차인다니까

　　　　　　　　　　　　　　　—「올가의 저녁 식탁」

　「올가의 저녁 식탁」에서 그들은 입을 모아 "아니"라는 말을 귀가 따가울 정도로 반복한다. 어떤 정보를 던져 준 뒤 상대가 거기에 해당하는 어떤 것을 떠올릴라치면 그들은 기다렸다는 듯 쏘아붙인다. "아니야, 아니야, 아니라니까". 윗사람에게 무조건 복종만 하는 예스맨(yes-man)의 자리를 거부하고 당당하게 노맨(no-man) 선언을 하는 것이다. 이는 흡사 내가 너보다는 한 수 위라는 사실을 재확인하는 과정과 다를 바 없다. 네가 무엇을 상상하든 실체는 그 이상이라는 것이다. 그러나 그들은 끝까지 그것이 무엇인지는 알려 주지 않는다. 그들 역시 그것의 정체를 온전히 알지는 못하기 때문이다. 세계의 참모습에 완벽히 가닿는 일은 패기만 가지고 될 일이 아니다. 젊음과 패기만 가지고 덤비다가는 부지불식간에 "뒷발에 세계 차"이기 일쑤다. 그러므로 그들은 어쩔 수 없이 "붉은 아가미를 벌리고 있"는

"새로운 문장"들을 주워 모아 "이야기"를 만들거나 거울을 바라보며 쓸쓸하게 "세레나데"를 불러야 한다. 그게 그들이 실체에 다가가는 방식이다. 그러므로 "저녁 식탁" 위에 수 놓인 수많은 '아니오'들은 단 하나의 '예'를 가질 때까지 이 들이 겪어 내야 하는 실패의 다른 이름이라고 할 수 있다. 요컨대, 이들은 '삶'이라는 이름의 거대한 수수께끼를 풀면 서, 그리고 '세계'라 불리는 스무고개를 넘으면서 또다시 학 습에 돌입해야 하는 것이다.

그러나 이 학습은 학교에서 이루어지는 학습의 형태와 는 사뭇 다르다. 이들은 더 이상 '12번'이나 '거기 세 번째 줄에 앉은 아이'처럼 일방적으로 관찰되고 호명되는 대상 이 아니다. 그 대신 이들은 스스로 세계를 관찰하고 질문 하면서 실체에 한 발짝 한 발짝씩 조심스럽게 다가간다. 자 신들에게 질문을 던지고 그 질문에 대한 답을 구하면서 성 장하는 것이다. 그리하여 어느 순간 답을 찾게 되면 이들 은 가슴속 깊숙이 아껴 두었던 느낌표를 꺼내 들고 환호 한다. 그토록 원하던 깨달음이 찾아오는 순간이다. 여기서 특별히 주목할 필요가 있는 두 가지 사실이 있다. 첫 번째 는 "토요일은 사연, 일요일은 사건으로 바뀌지만 멜로물은 아"니라는 점이다. 학교를 졸업한 후에도 "사건"은 결코 끊 이지 않고 사건이 걷잡을 수 없이 진행되면서도 그것이 단 순히 통속적 흥미를 불러일으키지만은 않는다. 이는 조민 의 시트콤이 이제 막 제2막에 접어들었음을 알리는 전주

(前奏)와도 같다. 두 번째는 "피카소의 저녁 식탁이지만 올가는 더더욱 아"니라는 점이다. 여기서 피카소의 저녁 식탁에 더 이상 그의 아내인 올가가 존재하지 않다는 점은 기억하자. 피카소는 쉰이 넘은 나이에 아내 올가와 결별하였고 그 무렵부터 열정적으로 시를 쓰기 시작했다. 그 열정을 다시 식탁 위에 차리고 싶은 것일까. 그들은 "파란 실을 자꾸 풀고 풀어내"야 한다고 말한다. 더 깊은 곳을, 더 어두운 곳을 바라봐야 한다는 자기 암시를 그만두지 않는 것도 다 이 때문이다.

그녀는 그들을 대표해서 말년의 피카소가 된 심정으로 급기야 "시가 급하다"라고 토로한다. "양의 말"과 "새의 말"들을 처음 입 밖에 내는 데 성공함으로써, 조민은 상황에 대한 모종의 자신감을 갖게 된다. 그 자신감은 그녀에게 상황을 온전히 즐길 수 있는 여유를 가져다준다. 그리고 그녀는 방에 가득 찬 "새똥"과 "양털"을 가지고 시트콤을 만들어 내기 시작하는 것이다. 굳이 국경을 넘거나 바다를 건너지 않아도 우스꽝스러운 일들은 도처에 넘쳐 난다. 이것들이 그녀의 취재망에 걸려들기만 하면, 우스꽝스러워지는 것은 정말이지 순식간이다. 그녀는 그들이었던 시절, 이미 상황을 비틀어 바라보는 스킬을 익히지 않았던가. 따라서 그녀는 방 안에서 기꺼이 "새장"이 되고 "책상"이 된다. "그 밖의 말"은 다른 이에게 맡기고 자신이 처한, 자신을 둘러싼 상황에만 집중하는 것이다. "아우라가 아수라에서 죽게 되"(「시가 급하다」)어 버린 작금의 상황은 비루하기 짝이 없지만, 그것이 어쩌면 우리네 삶의 참모습이 아니겠는가.

비로소 그녀는 입때껏 모아 왔던 물음표들을 세상을 향해 던지기 시작한다. 이해 안 되는 부분이 생길 때마다 참지 않고 말을 입 밖으로 내뱉는 것이다. "언제부터 엄마를 엄마라고 부르게 된 거야?"(「Happy Birthday」)라고 당돌하게 따지는가 하면 "누가 엄마고 누가 아빠인가요?"(「거위 알 요리」)라고 물으며 짐짓 딴청을 피우기도 한다. 질문에 대한 답이 아예 존재하지 않을 때도 있고 답이 너무 많을 때도 있지만, 그것은 그리 중요한 문제가 아니다. 그녀에게 물음표란 호기심과 반항심이 묘하게 뒤섞인 문장부호이기 때문이다. 그리고 이 물음표들의 갈고리를 쥔 자는 다름 아닌 시를 읽는 우리들이다. "이제 막 엄마가 되고/ 이제 막 딸이 되"(「엄마손 고무장갑」)는 상황에서 우리는 고개를 갸웃거릴 수밖에 없고 "형이 우리를 낳고/ 우리는 동생을 낳"(「201편」)는 기상천외한 상황에 맞닥뜨리면 어이없는 헛웃음이 나온다. 이제 우리는 원하는 답을 찾을 때까지 세상에 드리운 갈고리를 치우면 안 된다. 우리 역시 도무지 파악 불가능한 상황에 왕왕 처하는 "그들"이므로. 모르긴 몰라도 그녀처럼 우리도 어떤 상황에 처하든지 끊임없이 묻고 느낄 것이다. 이 세계는 언제나 상상하는 것보다 더 많은 물음표와 더 많은 느낌표로 가득 차 있으므로. 결국 우리는 그녀의 시를 다 읽고 나서 이렇게 물을 수밖에 없다. 대체 이 세계가 "진행"하는 겁니까, "퇴행"(「진행입니까 퇴행입니까」)하는 겁니까. 그저 다음 장면이 궁금할 뿐인 그녀가 동문서답을 한다. "안녕! 사요나라!"(「이 시에는 스포일러가 있습니다」)

연중무휴 시트콤

그다음 날이 밝아 온다. 눈을 뜨자마자 우리는 오늘의 에피소드가 궁금해진다. 오늘은 과연 어떤 진풍경이 펼쳐질 것인가, 또 어떤 사연이 사건으로 둔갑할 것인가. 우리는 이미 상황에 개입할 만반의 준비가 되어 있다. 상황에 따라서 "잠시 노래였"던 우리는 "빨간 풍선이" 되었다가 큰맘을 먹고 "잠시 캐스터네츠"(「내가 잠시 캐스터네츠였을 때」)로 변신할 수도 있다. 잘 알다시피 우리의 역할은 처한 상황에 적극적으로 참여하는 것. 따라서 우리에게 이 세계는 롤-플레이(role-play)를 실전에 활용할 수 있는 시공간이 된다. 시트콤은 '언제나' 방영되고 누구든 '어디서나' 그것을 볼 수 있다. 각본 없이 쇼가 진행된다는 점은, 쇼에 참여하는 우리에게 긴장의 끈을 놓아 버릴 틈을 주지 않는다. 우리는 가정과 학교에서 익혔던 여러 가지 스킬들, 예컨대 말대꾸하기, 모른 척하기, 변명하거나 말도 안 되는 억지 쓰

기, 수틀리면 언성을 높이거나 거짓말하기 등을 시의적절
하게 발휘하기만 하면 된다. 그렇게 우리는 라이브(live)로
산다(live).

누가

내 머리에 찍어 놓고 갔을까?

검은 새 발자국

내가 왜 여기 또 죽어 있을까?

밥솥만 열면

흰 쌀밥 위에 흰 새 발자국

내가 다시 태어났을까?

나도 모르게

———「시트콤」

시집의 맨 마지막에 놓인 「시트콤」은 우리가 상황에 어
떻게 처하게 되는지를 단적으로 보여 주는 시다. 이 시를

통해 우리는 사건이 어떻게 수면 위로 급부상하는지, 질문은 또 어떤 방식으로 비롯되는지 파악할 수 있다. 사건은 발자국을 "내 머리에 찍어 놓고" 간 게 무엇인지, "내가 왜 여기 또 죽어 있"는지 도무지 알 수 없다는 것에서부터 시작된다. 그리고 조민의 시에서 대부분의 사건은 이런 식으로 고개를 든다. 필연보다는 우연에 훨씬 더 많이 기대고 있고, 팝업창처럼 언제 갑자기 튀어나올지 가늠하기 어렵다. 하루하루가 흥미진진한 모험이고 어떻게든 버텨 내야 하는 서바이벌 게임 현장이다. 모의 전투이기 때문에 죽었다가 다시 살아나는 것은 그리 신기한 일도 아니다. 이미 그녀는 "아프거나 새로 태어나면 다시 편집하"(「조용한 회화 가족 No. 1」)라고 도도하게 말하거나 "난 지금도 다시 태어"(「Happy Birthday」)난다고 울부짖지 않았던가. 이처럼 그녀는 이 서바이벌 게임 현장에서 지금껏 몇 번이나 죽었다가 아무렇지도 않은 듯 곧바로 되살아났다. 「시트콤」에서도 이는 마찬가지다. 그녀는 밥솥을 열고 심드렁하게 읊조리는 것이다. "내가 다시 태어났을까?" 마치 어느 날 밤 '행인 3' 이 되어 골목을 어슬렁대다 강도에 의해 살해되었지만 다음 날 가뿐하게 일어나 '채소 장사'로 변신해 유기농 상추를 파는 엑스트라처럼 말이다.

그러나 그녀는 엑스트라일지라도 주인공처럼 당당하게 현장에 진입한다. 그 장면에서는 적어도 자신이 주인공이므로, 자신만의 몸짓과 대사가 엄연히 존재하므로. 그러나 그녀는 장면이 어느 순간 구겨지거나 비틀릴라치면 기다렸다는 듯 거기에 적극적으로 개입한다. 그녀만의 애드리브와 유머가 발휘되는 순간이다. 지금까지의 상황은 언제나 그녀 편이면서 동시에 그녀 편이 아니었다. 하지만 그녀는 이 세계의 논리가 얼마나 얼토당토않은지, 눈 깜짝할 사이에 국면이 전환되는 일이 얼마나 비일비재한지 잘 알고 있으므로 결코 당황하지 않는다. 그런 그녀에게 마침내 그녀만의 순간이 찾아온다. 궁합이 맞는 상황(situation)에 비로소 직면하게 되는 것이다. 답에 대한 실마리가 잡히고 실체가 서서히 드러나는 순간, "머리"에는 "검은 새"가, "흰 쌀밥"에는 "흰 새"가 "발자국"을 찍어 놓는 그럴듯한 순간. 그녀 자신도 "모르게" 찾아온 이 순간을 그녀는 만끽한다. "다시 태어"나는 일을 진심으로 즐기는 것이다. 진정한 코미디(comedy)는 연기를 펼치는 자 또한 즐거워야 하므로. 그런 식으로 그녀는 그 장면에 개입하고 몰두했다가 아무 일도 없었던 것처럼 스르르 빠져나온다.

아직 다가오지 않은 다음 장면을 기다리며, 그녀가 입을 벌린 채 천진하게 묻는다. "언제, 어디서, 어떻게 떨어질 거니?" 그녀의 벌린 입에서는 이미 푸르싱싱한 말들이 꼬무락거리고 있다. 이 말들은 앞으로 다가올 상황에 대한 기대감으로 가득 차 있다. 이 말들이 "언제, 어디서, 어떻게" (「낙법」) 발사될지는 아무도 모른다. 한 가지 분명한 사실은 그녀가 이 직전(直前)의 긴장감을 즐기고 있고 언제든 세계의 옆구리를 찌를 준비가 완벽히 되어 있다는 점이다. 그리고 이 마지막 "문장을 쓴 지 한 달도 더 지났다".(「낮잠」)

조민

1965년 경남 사천 출생. 경상대 국어교육과를 졸업하고
동 대학원에서 석사학위를 받았다.
2004년 《시와 사상》으로 등단했다.

조용한 회화가족 No. 1

1판 1쇄 찍음 · 2010년 8월 11일
1판 1쇄 펴냄 · 2010년 8월 20일

지은이 · 조민
발행인 · 박근섭, 박상준
편집인 · 장은수
펴낸곳 · (주)민음사

출판 등록 1966. 5. 19. 제16-490호
서울시 강남구 신사동 506번지 강남출판문화센터 5층 (우)135-887
대표전화 515-2000 / 팩시밀리 515-2007
www.minumsa.com

ISBN 978-89-374-0784-0 (03810)